Saku Hiro
NOE67

Als der Mechaniker Saga im Schrott nach brauchbaren Teilen sucht, findet er einen bildschönen Androiden. Er ist fest entschlossen, ihn zu behalten und zum Laufen zu bringen – doch das hat Folgen. Denn schnell stellt sich heraus, dass der Android nicht nur ein Modell längst vergangener Tage ist… Er ist auch darauf programmiert, besondere Bedürfnisse zu befriedigen.

Eine wundervolle Geschichte über die romantische Beziehung zwischen einem Mechaniker und einem Androiden.

noe67
Einzelband ISBN 978-3-7704-2854-0
€ 7,50 [D]

MANGA
漫画

EGMONT

SUTOPPU!

**Koko wa kono manga no owari dayo.
Hantaigawa kara yomihajimete ne!
Dewa omatase shimashita!
Tanoshii hitotoki wo dozo!**

Egmont-Manga-Chiimu

STOPP!

**Das ist der Schluss des Mangas.
Fangt bitte am anderen Ende an!
Und nun genug der Vorrede,
viel Spaß beim Lesen!**

Euer Egmont-Manga-Team

„Einsamer Falke" von Chihaya Kuroiwa
Aus dem Japanischen von Claudia Peter
Originaltitel: „Kodokuna Taka ha Hito Koishikute"

Originalausgabe:
KODOKUNA TAKA HA HITO KOISHIKUTE by Chihaya Kuroiwa
Copyright © 2015 Chihaya Kuroiwa
All rights reserved.
Original Japanese edition published by FRANCE SHOIN.
This German edition is published by arrangement with FRANCE SHOIN Inc., Tokyo
in care of Tuttle-Mori Agency, Inc., Tokyo.

Deutschsprachige Ausgabe:
2020 Egmont Manga
verlegt durch Egmont Verlagsgesellschaften mbH,
Alte Jakobstr. 83, 10179 Berlin

3. Auflage 2022
Verantwortliche Redakteurin: Luisa Steinhäuser
Gestaltung: Laura Bartels
Textbearbeitung: Etsche Hoffmann-Mahler
Koordination: Angelika Schönhuber
Printed in the EU
ISBN 978-3-7704-2636-2

www.egmont-manga.de
Mehr Boys Love findest du im Buch- und Fachhandel und auf

www.egmont-shop.de

Die Egmont Verlagsgesellschaften gehören als Teil der Egmont-Gruppe zur
Egmont Foundation - einer gemeinnützigen Stiftung, deren Ziel es ist, die sozialen,
kulturellen und gesundheitlichen Lebensumstände von Kindern und Jugendlichen zu
verbessern. Weitere ausführliche Informationen zur Egmont Foundation unter
www.egmont.com

EGMONT

www.egmont-manga.de
facebook.com/EgmontManga
instagram.com/EgmontManga
twitter.com/EgmontManga

Boys Love

Miso Umeda
DIE STADT IN DEINEN FARBEN

Der Musterschüler Yoshiyuki und der offene Chiba sind schon seit ihrer Kindheit befreundet. Allerdings empfindet Yoshiyuki mehr für seinen beliebten Klassenkamerad, hat aber nicht vor, ihm seine Gefühle zu offenbaren. Erst als feststeht, dass sich ihre Wege nach dem Highschool-Abschluss trennen, gerät er ins Zweifeln…

Die Stadt in deinen Farben
Einzelband ISBN 978-3-7704-2853-3
€ 7,50 [D]

www.egmont-manga.de

MANGA
漫画
EGMONT

EGMONT

www.egmont-manga.de
facebook.com/EgmontManga
instagram.com/EgmontManga
twitter.com/EgmontManga

Shizuku Namie | Touko Sunahara | Minagi Asaoka
DAILY KANON

Shizuku Namie
Touko Sunahara
Minagi Asaoka

Sumikazu stammt von einer wohlhabenden Adelsfamilie ab und muss sich keine Gedanken ums Geld machen. Als er beschließt, endlich auszuziehen, soll Kanon, die Haushaltshilfe, mit ihm kommen.

Doch Sumikazus Gefühle für Kanon gehen tiefer. Wie wird Kanon wohl darauf reagieren, wenn er von den Gefühlen seines Herrn erfährt? Oder empfindet er sogar ähnlich?

Daily Kanon
Einzelband ISBN 978-3-7704-2696-6
€ 7,50 [D]

MANGA
漫画

EGMONT

EGMONT

www.egmont-manga.de
facebook.com/EgmontManga
instagram.com/EgmontManga
twitter.com/EgmontManga

Boys Love

Muno
BOYS AFTER DARK

Nach einigen missglückten Beziehungen mit Frauen beschleicht Akashi das Gefühl, dass er vielleicht doch auf Männer steht. Als er zufällig erfährt, dass sein gutaussehender Kommilitone Yagi angeblich schwul sei, spricht er ihn aus Neugier direkt an. Was er nicht erwartet hat: Yagi begrüßt ihn mit einem innigen Kuss! Ist das eine angenehme Verwechslung oder kommt Akashi tatsächlich so gut beim gleichen Geschlecht an?

Boys after Dark
Einzelband ISBN 978-3-7704-2715-4
€ 7,50 [D]

MANGA
漫画

EGMONT

EGMONT

www.egmont-manga.de
facebook.com/EgmontManga
instagram.com/EgmontManga
twitter.com/EgmontManga

Boys Love

Hitsuji Sakura
PASSION DRAWING

HITSUJI
SAKURA

Daiki ist Zeichner und hat eine Vorliebe für Männerkörper. Als sich der athletische Yusuke bereit erklärt, für ihn zu posieren, ist er kaum zu bremsen. Und der intime Moment, in dem Daiki Yusukes fast nackten Körper mit Blicken und Händen studiert hat, bleibt beiden in Erinnerung. Warum war diese Situation nur so aufregend?

Passion Drawing
Einzelband ISBN 978-3-7704-2655-3
€ 7,50 [D]

MANGA
漫画

www.egmont-manga.de

EGMONT

EGMONT

www.egmont-manga.de
facebook.com/EgmontManga
instagram.com/EgmontManga
twitter.com/EgmontManga

Boys Love

Reibun Ike
HEISSE NÄCHTE, KALTER STAHL

Schutzgelderpressung, Auftragsmorde, Drogenschmuggel: Alles kein Problem für den selbstbewussten Yakuza Kabu. Nun soll er seinen Vater an der Spitze der Umezaki Familie beerben und die Führung übernehmen. Doch Kabu fühlt sich wohl in seiner bisherigen Position und mit Nirasawa an seiner Seite, der ihm seit Jahren treuergeben ist – bis dieser plötzlich ins Visier der Verhandlungen um die Erbfolge gerät...

Heiße Nächte, kalter Stahl
Band 1 ISBN 978-3-7704-2724-6
€ 7,50 [D]

MANGA
漫画

EGMONT

EGMONT

www.egmont-manga.de
facebook.com/EgmontManga
instagram.com/EgmontManga
twitter.com/EgmontManga

IRGEND-
WANN...

IRGEND-
WANN
WERDE
ICH...

... DIR
SAGEN...

... WIE
GLÜCKLICH
ICH BIN...

ENDE

ICH WEISS JA, DASS DU NICHT DER TYP BIST, DER OFFEN SAGT, WAS ER DENKT, ABER...

...

...FÄNDE ICH EHRLICH GESAGT SCHON NETT.

...

...DASS DU MIR IN SITUATIONEN WIE EBEN WENIGSTENS ZEIGST, WAS DU WILLST...

DOCH MITTLERWEILE...

...REICHT ES MIR AUCH, WENN DU NUR BEI MIR BIST.

IRGENDWIE HABE ICH DAS GEFÜHL...
GEEK
ギ…
GISH
ギシ…
HA...
HA...
... WENN WIR UNS TREFFEN...
GEEK
ギシ…
... HABEN WIR IMMER NUR SEX...
HUH...
HUH...
MN...
HA...
AH...
N...
NUN SIEH DICH NUR AN.
ABER MICH WILLST DU DAS NICHT MACHEN LASSEN?
WARUM NICHT?

... LUTSCHST MEINEN DOCH AUCH STÄNDIG.

WIESO DENN NICHT? DU...

ZWACK

GUCK DOCH MAL, DER KLEINE IST JA GANZ AUFGEREGT...

NA, HÖR MAL...! WENN DEINER EKLIG IST, WAS IST MEINER DENN DANN?

NEIN, DAS KANN ICH NICHT. VERGISS ES. MEINER IST EKLIG.

ABER WIESO BIST DU DENN SO DAGEGEN...?

UND WENN SCHON! ICH SAGE NEIN.

NA SCHÖN...

... DANN BLASE ICH DIR EBEN KEINEN.

ECHT...! DICH ZU ER-OBERN...

... LOHNT SICH WIRK-LICH.

ぐちぐち
NÖRGEL   NÖRGEL

UND DIE WOLLEN MIR ERZÄH-LEN, DASS SIE NICHT ZUSAMMEN SIND!?

UN-GLAUB-LICH!

ENDE

I...

SENPA... I...

WAS IST?

HH...

ICH...

...

GNN

KOMM SCHON. WENN DU ES SAGST...

... MACHE ICH ES DIR LEICHTER.

DZZUN
ズッ
DZZUN
ズッ
HAAA...
AH!
AH...
AH!
WOBBLE
GUTCHU
ぬちゅ
GH...
AH!
GUTCHU
ぬちゅ
AH...
ICH MAG ALLES AN DIR.
AUCH...
... DEINE WIDERSPENS-TIGE SEITE.

... ZU HAUSE!

ICH HABE SCHON BEZAHLT.

MACHT DAS GEFÄLLIGST...

カチャ
カチャ FUMMEL

FUMMEL

WENN MAN ÜBER DIE BEZIEHUNG IM UNKLAREN GELASSEN WIRD UND DAS GEFÜHL HAT...

... DEN ANDEREN JEDERZEIT VERLIEREN ZU KÖNNEN...

... IST MAN NUN MAL VERZWEIFELT...

... UND JETZT, WO ER MICH WILL, LAUFE ICH DAVON...

ALS ICH IHN WOLLTE, IST ER DAVONGELAUFEN...

WIR BENEHMEN UNS WIE ZWEI VOLLIDIOTEN.

... FANGE ICH AM GANZEN KÖRPER AN ZU ZITTERN...

WENN MEIN SENPAI „ICH LIEBE DICH" SAGT...

ABER...

... MACHE ICH MIR AUCH NICHTS VOR.

UND WAS MEINE GEFÜHLE ANGEHT...

... MUSS ICH VIELLEICHT AUCH NICHT NOCH MAL DURCH DIESE HÖLLE...

... WENN ICH IHM NICHT SAGE, WAS ER HÖREN WILL...

SOLANGE ICH ES NICHT SAGE...

... FALLS AUS UNS BEIDEN NICHTS WIRD.

... WERDE ICH IHN VIELLEICHT AUCH NICHT VERLIEREN...

ICH FASSE ES NICHT, DASS ER SO ETWAS PEINLICHES EINFACH SO RAUSHAUT...

MANN, BIN ICH MÜDE...!

HAAAH!

は あ

„ICH WILL JA MIT IHM ZUSAMMEN SEIN."

WEIL DER MICH AUCH KENNT UND ÜBER ALLES BESCHEID WEISS?

SAGT ER DAS, WEIL ES HERR UEDA IST...?

KANN JEMAND, DER MICH AUF DER OBERSCHULE GEMIEDEN HAT...

...WIRKLICH AN DEN PUNKT KOMMEN, DASS ER SO ETWAS OFFEN UND EHRLICH SAGEN KANN?

MIR IST AUCH KLAR, DASS ICH...

...

LACHEN SIE RUHIG, WENN SIE WOLLEN.

... WAS HOTAKA ANGEHT, EXTREM EIFER-SÜCHTIG BIN.

MACHEN SIE SICH NUR ÜBER MICH LUSTIG...

GRINS GRINS

DANN HOFFE ICH MAL, DASS IHR BALD ZUSAMMEN SEID.

UND? WAS LIEF DENN NUN? HABEN SIE IHN ANGEFASST?

NATÜRLICH NICHT.

MANN, BIST DU PENETRANT!

NICHT SO NAH!

ずーい

WOOOSH

WIRF MICH NICHT MIT DIR IN EINEN TOPF!

ICH BIN SCHLIESSLICH MIT IHM VERWANDT.

BEI DIESEM SEXY ANBLICK HABEN SIE WEDER REAGIERT NOCH IHN BERÜHRT?!

DAS GLAUBE ICH IHNEN NICHT.

LINS

DAS HAST DU DIR ALSO GEMERKT...

SIE SAGTEN DOCH NEULICH, SIE HÄTTEN IHN ANGESPROCHEN, WEIL ER SO SCHÖN WAR...

DAS HAT MICH MISSTRAUISCH GEMACHT...

DER NERVT ECHT!

WIE... WIE MEINEN SIE DAS? GIBT ES DA ETWA NOCH EINEN ANDEREN, MIT DEM ER ZUR TARNUNG ZUSAMMEN IST...?

HASPEL HASPEL

UND WENN DU BEI MIR SCHON SO NERVÖS BIST, SEHE ICH FÜR DIE ZUKUNFT SCHWARZ...

PFF...

WIR SIND NICHT INTIM!

ABER... WER HÄTTE GEDACHT, DASS YUSEI, NACHDEM ER SO BAFF DARÜBER WAR, DASS ICH MIT EINEM MANN ZUSAMMEN BIN, DERART INTIM MIT DIR WIRD.

わわわ
WAHWAHWAH!

WIR TURTELN AUCH NICHT!

HÄ, WIESO DENN NICHT? ICH HABE EUCH DOCH TURTELN SEHEN.

ICH WILL JA MIT IHM ZUSAMMEN SEIN.

!

ABER ER GIBT NICHT ZU, DASS ER AUCH WILL... DESHALB BIN ICH MOMENTAN ETWAS RATLOS.

HÄÄÄ? WEIL DER KERL DA DIE GANZE ZEIT GRINST WIE EIN HONIGKU-CHENPFERD.

DIE ANTWORT LAUTET NEIN!

WIE KÖN-NEN SIE SO WAS SAGEN?

A-ABER, HERR UEDA!!

DAS MACHT DOCH ALLES NUR NOCH KOMPLI-ZIERTER...

SIE SCHERZEN, ODER?

FIXIER

...

OH MANN! LÄSST DER JUNGE SICH IMMER SO LEICHT VERKOHLEN?

EINSAMER FALKE   EIN ANDERES MAL

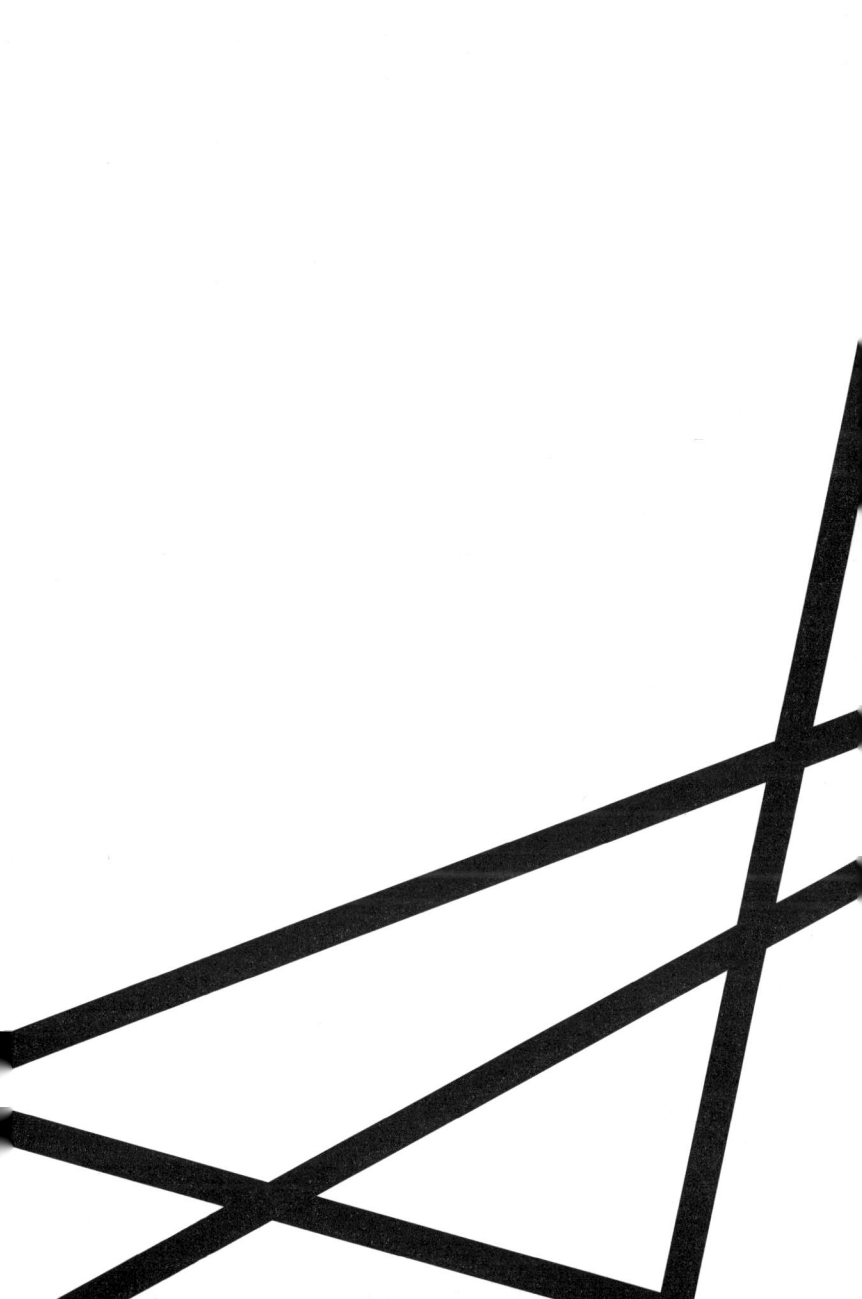

... SOLLTEST DU DICH DARAUF GEFASST MACHEN...

VON MIR AUS. DOCH DANN...

... DASS ICH MICH FÜR ALL DIE GRAUSAMEN SPIELCHEN, DIE DU MIT MIR TREIBST ...

... AN DEINEM KÖRPER REVANCHIERE.

DAS HOFFE ICH DOCH...

... SENPAI.

ENDE

... GLAUB NICHT, DASS ES SO LÄUFT, WIE DU DIR DAS VOR-STELLST...

DAS WÄRE EIN BISSCHEN ZU EINFACH...

HA...

IST JA NICHT SO, DASS ICH DICH HASSE.

ABER...

DU BIST ECHT... UNGLAUB-LICH...

W I N D

NA SCHÖN...

DU WILLST ZUERST AUF DIESE ART ZUSAMMEN SEIN?

KNÖPF

KNÖPF

TROTZ-DEM...
NOCH ...
... SIND WIR KEIN PAAR.
ABER WIR SIND BEIDE ERWACHSEN.
KÖNNEN WIR DA NICHT WIE ERWACHSENE ZUSAMMEN SEIN?
!--!...
WIE MEINST DU DAS?
ICH...
... WERDE MIT DIR SCHLAFEN, SENPAI...
RUBB

... ECHT GEMEIN...

... SENPAI...

DU BIST...

| | | | |

GNN

SELBST WENN DU SPONTAN SO ANTWOR-TEST...

HI, HI...

DAS...

... HEISST DOCH NICHT, DASS ICH AUF-GEBEN SOLL.

ODER?

... MACHT MICH EHER GLÜCKLICH... DENN DAS HEISST, DASS DU DIE GANZE ZEIT AN MICH GEDACHT HAST.
?!
AUSSER-DEM...
... FREUE ICH MICH, DASS DU MIT NIEMANDEM ZUSAMMEN BIST...
... WEIL ICH DICH DANN OHNE SCHLECHTES GEWISSEN VERFÜHREN KANN.

ICH HABE DICH REINGE-LEGT.

NA, HAST DU'S IMMER NOCH NICHT KAPIERT?

HÄ?

GELOGEN ...?

DAS WAR ALLES GE-LOGEN.

ICH BIN GAR NICHT MIT HERRN UEDA ZUSAMMEN.

ICH HABE IHN NUR GEBETEN, MEINEN FREUND ZU SPIELEN, UND ER HAT MITGE-MACHT.

ZITTER

ICH BIN VERLIEBT...

DAS WOLLTE ICH DIR SAGEN...

ICH HABE MICH IN DICH VERLIEBT.

HA, HA...

ICH WILL,
DASS DU DICH
VON HERRN UEDA
TRENNST.

AH...

ENTSCHUL-
DIGE...

DIE
LETZTEN
PAAR
TAGE
WAREN
ECHT
HART...

... UND
ICH BIN
FROH, DICH
WIEDERZU-
SEHEN.

... DASS ICH
MIR SORGEN
GEMACHT
HABE...

...

BLUSH

HOTAKA!

WIR MÜSSEN REDEN. ICH HABE DIR JEDE MENGE ZU SAGEN.

GRMPF

UWAAAH!

WIE PEINLICH!

... HABE ICH IHN DORT BELÄSTIGT UND NACH DEINER ADRESSE GEFRAGT.

DA DU NICHT ANS HANDY GEHST UND HERR UEDA AUF GESCHÄFTSREISE IST...

WOHER WUSSTEST DU ÜBERHAUPT, WO ICH WOHNE?

DANN IST ER DIESMAL SICHER HIER, UM MIR EINE REINZUHAUEN.

HERRJE, HEISST DAS, ICH BIN AUFGEFLOGEN?

DIE NACHRICHT, DIE DU HINTERLASSEN HAST, WAR SO KOMISCH...

HIII!

TADAAA

WILLKOMMEN ZURÜCK.

SUP
24
ENDLICH KANN ICH WIEDER ORDENTLICH ESSEN.
DIESE ERKÄLTUNG HAT SICH GANZ SCHÖN HINGEZOGEN.
IM ERNST, SENPAI? HA, HA, SEHR VERDÄCHTIG.
JA, ERNSTHAFT. DAS IST ECHT INTERESSANT.
...
WAS ER WOHL... GERADE MACHT...?

ENTSCHULDIGUNG. ABER...

... WIE HEISST DIESER KOLLEGE DENN?

ER KOMMT ÜBRIGENS AUS DIESER GEGEND... UND WAR VIELLEICHT SOGAR AUF DERSELBEN OBERSCHULE WIE DU.

ABER EINER MEINER KOLLEGEN IN DER FIRMA MACHT AUCH BOGENSCHIESSEN.

AHA... DAS IST ZIEMLICH UNGEWÖHNLICH, ODER? FÜR MICH JEDENFALLS.

FRÜHER IN DER OBERSCHUL-AG HABE ICH EIN BISSCHEN BOGENSCHIESSEN GEÜBT.

SEIN LÄCHELN BRINGT ALL DIE ERINNERUNGEN AN DAMALS WIEDER ZURÜCK, ALS WÄRE ES ERST GESTERN GEWESEN.

DIESES LÄCHELN... SOLLTE VERBOTEN WERDEN...

ICH HABE NIE AN DAS SCHICKSAL GEGLAUBT.

STATT-
DESSEN...

DOCH
NICHT
MAL DAS
KONNTE
ICH...

ICH DACHTE,
DANN SIEHT ER
MAL, WIE ES IST,
SO VERLETZT
ZU WERDEN.

... BIN ICH
WIEDER
DRAUF UND
DRAN, MICH
IN IHN ZU
VERLIEBEN.

GRÜBEL 動す

KALTES
WASSER

くしゅん

HATSCHI—

ICH HABE
AUF GANZER
LINIE VER-
SAGT.

SCHNIEF

... SEINE STIMME...

DOCH ICH KONN-TE NICHT, WEIL ICH...

NOCH MAL?

DAS WILL ICH NICHT...

ICH KONNTE DAS ALLES NIE VERGESSEN.

PSHAAA

... LIEBE ...

... UND SEIN VER-HALTEN...

DAZU HABE ICH ZU VIEL ANGST...

SOLL ICH...

... LIEBE ...

... UND SEIN GESICHT...

... LIEBE ...

NEIN...

ICH WOLL-TE IHM NUR...

... DIESES TRAUMA JETZT NOCH EINMAL DURCHLEBEN?

... UND SEINE BERÜHRUNGEN...

NOCH BIN ICH AUSSER GEFAHR...

... LIEBE ...

... DASS ICH ÜBERHAUPT KEINEN TRIUMPH FÜHLE.

NEIN, DAS PRO-BLEM IST...

MIST...! DANK DER SCHMERZEN KANN ICH NICHT MAL VOR DER REALITÄT FLIEHEN.

MEIN PO TUT WEH. DAS IST SENPAIS SCHULD... WEIL SEIN PENIS SO GROSS IST.

PLITCH

ER HAT TATSÄCHLICH MIT MIR GESCHLAFEN...

...ABER DAS ERGEBNIS IST ANDERS, ALS ICH GEDACHT HATTE...

AN DEM TAG,
AN DEM ICH MIT
IHM SCHLIEF...

DANKE, YUSEI

LEBE WOHL!

... BESCHLOSS
ICH, IHN MEINEM
VORGESETZTEN
AUSZUSPANNEN.

UND AM
SELBEN TAG...

... LIEF HOTAKA
MIR DAVON.

AN DEN ANBLICK EINES NACKTEN MÄNNERKÖRPERS BIN ICH DOCH VON MIR SELBST GEWÖHNT...
WIESO FÜHLT ES SICH DANN SO ANDERS AN, BLOSS WEIL DIESER KOPF DRAUFSITZT?
(HA...)
ZUCK
LOS, SPREIZ DIE BEINE.
ICH BIN AUCH VOR-SICHTIG...
HA...
AH...
FPP
HH...
BEB
BEB
AH...
ER... IST... DRIN...
SENPAI...
WWWTTT
SENPAI ...
SENPAI...
STOSS

DU HAST JA KEINE AHNUNG...

... WIE ICH MICH FÜHLE, SENPAI...

STIMMT.

ICH HABE BIS HEUTE KEINEN BLASSEN SCHIMMER...

... WAS IN DIR VORGEHT.

WILLST DU
DICH NICHT
WEHREN?

ODER
GIBST DU
AUF?

もぞ
VRUSH

HA...

HA...

SENPAI...
DU MACHST
DICH NUR
SCHMUT-
ZIG...

BLEIB
LIEBER...
WEG...

DOCH ICH
GEHE JETZT
AUFS GANZE...

DAS
IST MIR
EGAL.

HAAAAAACH...!
VERDAMMT!

WENN ICH
DAS MACHE...
IST ES BESTIMMT
VORBEI...

ICH SOLLTE ES
NICHT TUN... ICH
WEISS GENAU,
DASS ICH DAS
NICHT TUN
SOLLTE...

NICHT...

... SENPAI...

OKAY, DANN GEHE ICH JETZT.

PAMM

WISCH

STUTZ

RUBB

UND DAS WÄRE DOCH SCHADE...

... SO GROSS WIE ER IST...

NICHT SO LAUT, SONST FLIEGEN WIR NOCH AUF!

KRAUL

KRAUL

... MEINEN SCHWANZ ZU MAS- SIEREN!

HÖR AUF...

WIE VERSAUT ER IST...!

WIESO IST ER IMMER SO GEIL...?

HILFE, SENPAI!

JETZT HABE ICH LUST GE- KRIEGT, DIR EINEN ZU BLASEN...

HA...

AM BESTEN DENKE ICH AN GAR NICHTS UND IGNORIERE, WIE NAHE ER BEI MIR STEHT...

TYPISCH SCHWUUUL!

VORURTEIL →

GRRR

UND ICH BIN SO BLÖD UND MACHE MIR SORGEN!

HEY... NIMM DEINE HAND...

... DA WEG!

?!

AH...

ENTSCHUL-
DIGE...
BITTE...

HA...

...

...

ERRÖT
ERRÖT

?

BOFF

GANZ
RUHIG!
GAAANZ
RUHIG!

OH MANN,
SIEH MICH
NICHT SO
AUFREIZEND
AN!!

HEY!

KÖNNTEST
DU EIN
BISSCHEN
ABSTAND
HALTEN?

BLUSH
BLUSH

DRÜCK
DICH
NICHT SO
AN MICH!

MOMENT MAL...!

WÜNSCHE ICH MIR ETWA, DASS SEIN VERHALTEN ETWAS...

... ZU BEDEUTEN HAT?

WENN ES SO WÄRE, HÄTTE ICH EIN PROBLEM. ALSO, WIESO SOLLTE ICH?

... AUS MEINEN GEFÜHLEN...

ICH WERDE SELBST NICHT MEHR SCHLAU...

HAAACH...! VERDAMMT...!

ZUM GLÜCK IST DIE BAHN SO VOLL...

GANZ RUHIG! IMMER SCHÖN GELASSEN BLEIBEN!!

... DASS WIR UNS NICHT UNTERHALTEN KÖNNEN.

BOFF

MIT DIESEN LIPPEN...

BIST DU VIELLEICHT IMMER NOCH IN MICH...

IM ANZUG SEHE ICH DICH ZUM ERSTEN MAL, SENPAI.

WIESO HAST DU MICH GE- KÜSST?

DAS HATTE SICHER NICHTS ZU BEDEUTEN...

GANZ SICHER...

WAHRSCHEIN- LICH IST ES UNTER SCHWU- LEN GANG UND GÄBE, SICH ZUM ABSCHIED ZU KÜSSEN...

... UND ICH LEGE DA NUR ZU VIEL HINEIN.

UNSINN! DAS KANN GAR NICHT SEIN.

SCHLIESS- LICH IST ER JETZT MIT HERRN UEDA ZUSAMMEN!

UND MIR GEGENÜBER IST ER GANZ NORMAL.

SENPAI?

ICH KANN IHM NICHT MAL IN DIE AUGEN SEHEN...

... WEIL ICH IHN DANN SOFORT WIEDER SO GEIL VOR MIR SEHE WIE DIE LETZTEN MALE.

HNNNG

ACH, ICH WAR HEUTE IN DER ZENTRALE. DIE IST HIER UM DIE ECKE.

ICH WUSSTE GAR NICHT, DASS DU VON DIESER STATION AUS FÄHRST.

WIE SCHAFFT DER DAS, MIT MIR ZU REDEN, ALS WÄRE NICHTS PASSIERT?

ERST HAT ER MIR EINEN GEBLASEN...

... UND NEULICH HAT ER MICH GEKÜSST.

UWAAAH, AUSGERECHNET DER, DEN ICH JETZT AM ALLERWENIGSTEN SEHEN WILL!

FÄHRST DU NACH HAUSE?

J-JEPP. DU AUCH?

HÄTTE ICH IHN DANN VON MIR STOSSEN KÖNNEN?

... SICH DAMALS SO AN MICH RANGESCHMISSEN HÄTTE...?

... WENN HOTAKA...

WAS...

... WENN ICH BEDENKE, DASS ICH ES AUCH JETZT NICHT KANN.

WOHL EHER NICHT...

ABER NACH ALL DER ZEIT DARÜBER NACH-ZUGRÜBELN BRINGT AUCH NICHTS...

... ZUMAL ER JETZT SOWIESO IN EINEN ANDE-REN VERLIEBT IST.

WIE SCHÖN ER IST...

DAS KLINGT VIELLEICHT SELTSAM, DOCH MANCHMAL...

... WÜNSCHTE ICH WIRKLICH, HOTAKA WÄRE EINE FRAU.

WIESO HAT ER MICH GERADE...

... GEKÜSST?

ICH VERSTEHE LANGSAM GAR NICHTS MEHR...

HÖR AUF, MICH MIT IHM ZU VERGLEICHEN...

WAS ZUM TEUFEL GEHT IN DIR VOR...

... HOTAKA?

DER KERL IST SO WAS VON SÜSS!

VERDAMMT...!

HÄ?

HERR UEDA KANN NICHT. ER SAGTE, ICH SOLLE MIT DIR HINGEHEN...

HÄ?! DU HAST GLEICH EIN DATE? MUSST DU DICH DANN NICHT BEEILEN?

ACH JA, WAS HATTEST DU DENN NUN BEI MIR VERGESSEN?

KARTEN FÜR DIE HEUTIGE „LATE SHOW".

SSST

UND DAS HATTE ICH EIGENTLICH AUCH VOR, ABER...

ERINNERST DU DICH WIEDER?

DU SOLLTEST DICH MAL SELBST SEHEN.

SIEH MICH NICHT SO VERFÜHRERISCH AN!

ZUCK

AAAH...
LASS DAS! ODER SOLL ICH JETZT JEDES MAL, WENN ICH MICH SETZE, EINEN STEIFEN KRIEGEN?!

SSST

FLUMP-

ICH HAB'S.

SENPAI! DU BIST JA GANZ ROT.

WIE KANN MAN NUR SO VERGESS-LICH SEIN...?

SORRY, EIGENTLICH WOLLTE ICH, DASS DU ES HERRN UEDA MITGIBST, ABER DER WOLLTE, DASS ICH ES MIR SELBST ABHOLE...

ICH BIN SO FREI...

ECHT? OFFENBAR HATTE ICH EINEN RICHTIGEN FILMRISS.

DAS HAST DU SELBST GEMACHT, SENPAI.

WANN HAST DU DENN DEINE NUMMER BEI MIR EINGE-SPEICHERT?

WAS DAS ANGEHT, SIND MEINE ERINNE-RUNGEN NOCH GANZ FRISCH.

WO HABE ICH ES NUR VERLOREN? SCHÄTZE, IRGENDWO HIER BEIM SOFA...

TAST

TAST

AH!

... *DASS ER DAS* **AUS RACHE** *TUT?*

VOR DEM HINTERGRUND ERGIBT ES AUCH SINN, DASS ER MICH WIEDERSEHEN WOLLTE...

......!

OH MANN...!

WENN DAS WIRKLICH STIMMT...

ER IST GANZ BESESSEN VON MIR?

WIE VIEL SCHLIMMER MUSS ES DANN FÜR DEN SEIN...

DAS ZAHLE ICH DIR HEIM, SENPAI...

... DER VER- SCHMÄHT WURDE ...?!

わわわ〜
WAWAWA

NEIN... DAZU IST ER NICHT DER TYP...

ANDE- RERSEITS SCHLEPPE SELBST ICH DAS NOCH MIT MIR HERUM...

... NACHDEM ICH IHN DAMALS DERART BRUTAL ABGEWIESEN HABE...

ICH VERSTEHE EINFACH NICHT, WAS IN HOTAKA VORGEHT, DASS ER MICH WIEDER-SEHEN WILL...

SEINETWEGEN STEHE ICH JETZT REGEL-RECHT AM ABGRUND...

ES IST, ALS WÜRDE ER MICH NICHT SCHÄTZEN, SONDERN EHER HASSEN...

HIII!

DAS SETZT MICH SOWOHL BERUFLICH ALS AUCH PSYCHISCH GANZ SCHÖN UNTER DRUCK...

DABEI REICHT HEUTZUTAGE EIN WORT VOM CHEF UND SCHON IST MAN GE-FEUERT...

HÄ?

NUR DESHALB...

... HABE ICH ES SO WEIT KOMMEN LASSEN...

KÖNNTE ES SEIN...

HÄ, WIESO DENN NICHT? KOMM SCHON...

HA, HA...

VERGNÜG DICH EIN BISSCHEN MIT IHM! AUF MICH BRAUCHST DU KEINE RÜCKSICHT ZU NEHMEN.

I-ICH KANN IHN GAR NICHT MEHR VERLETZEN, DA WIR UNS NICHT MEHR TREFFEN WERDEN...

SENSIBEL...?

DER TYP, DER MICH NACHTS ANGEFALLEN UND MIR EINEN GEBLASEN HAT...?

FRÜHER VIELLEICHT...

SO WICHTIG BIN ICH IHM AUCH WIEDER NICHT...

HEY, SETZEN SIE MICH NICHT SO UNTER DRUCK!!

DAS KANNST DU IHM DOCH NICHT ANTUN!

SEIT ER GEHÖRT HAT, DASS ICH DEIN CHEF BIN, HAT ER NUR NOCH DAVON GEREDET, DASS ER DICH WIEDERSEHEN WILL.

UND OB DU DAS BIST!

DER TUT DOCH NUR SO, ALS KÖNNTE ER KEIN WÄSSERCHEN TRÜBEN.

AH! ICH MEINE NATÜRLICH, GANZ BEGEISTERT.

ER HAT MIR VIEL VON DIR ERZÄHLT UND ICH KONNTE SPÜREN, DASS ER NACH WIE VOR **GANZ BESESSEN** VON DIR IST.

AAAH... ODER HAT SICH DAS GEÄNDERT, WEIL ER JETZT EINEN FREUND HAT...?

DASS ER SICH NUR MIR GEGENÜBER GEÖFFNET HAT, IST JAHRE HER. MITTLERWEILE BENIMMT ER SICH ANDEREN GEGENÜBER BESTIMMT GANZ NORMAL.

GRMPF

ICH FASSE ES IMMER NOCH NICHT, DASS SIE MIT EINEM MANN ZUSAMMEN SIND.

GRRR

......

UWAH!

SO, WIE DU DAS SAGST, HÖRT SICH DAS ECHT BRUTAL AN.

HA!

... SAG SO ETWAS NICHT ZU HOTAKA, HÖRST DU?

DER JUNGE IST SO SENSIBEL.

HM...

MIR MACHT DAS NICHTS AUS, ABER...

ENTSCHULDIGUNG. VERGESSEN SIE DAS.

SMOKING SPACE

MÄNNER STEHEN JA AUF TRAUERNDE SCHÖNHEITEN*.

UND WEIL ER SO SCHÖN WAR, HABE ICH IHN EINFACH ANGESPROCHEN!

DIE UEDA-SCHOCKS HÖREN GAR NICHT MEHR AUF!!

SO EINER SIND SIE? ICH HATTE JA KEINE AHNUNG!

KING HA, HA, HA...

* IN JAPAN GIBT ES MÄNNER, DIE FRAUEN IN TRAUERKLEIDUNG SEXY FINDEN.

ALS IHR ZUSAMMEN GETRUNKEN HABT, HAT ER DOCH SICHER AUCH VIEL GELACHT.

ER HAT SO TRAURIG UND TAPFER GELÄCHELT, DASS ICH VÖLLIG HIN UND WEG WAR.

ICH MEINE, SEIN NORMALES LACHEN IST NATÜRLICH AUCH SÜSS, ABER...

MUMPF

JA, HAT ER...

NATÜRLICH! WAS REDEST DU DENN DA?

HÄ...!? ALSO SEHEN SIE IHN ÖFTER LACHEN?

だらだら だらだら
SCHWITZ SCHWITZ SCHWITZ

...HALTE ICH ES KAUM NOCH HIER AUS.

NACH ALLEM, WAS ICH GETAN HABE...

IN DER DATEI, DIE DU MIR GESCHICKT HAST, SIND EIN PAAR FEHLER.

HM? HAT ER DIR DAS NICHT ERZÄHLT? BEI DER TRAUER-FEIER EINES VERWANDTEN...

HERR UEDA... ÄHM... WO HABEN SIE HOTAKA DENN KENNENGE-LERNT?

ECHT...

DAFÜR, DASS ICH SO GESCHOCKT WAR, DASS HERR UEDA MIT EINEM MANN ZUSAMMEN IST, HAT HOTAKA MICH GESTERN GANZ SCHÖN LEICHT RUMGEKRIEGT.

HAAAH...

ÜBER TAUSEND ECKEN. SOMIT TEILEN WIR SCHÄTZUNGS-WEISE EINEN MIKROLITER DESSELBEN BLUTES.

WAS...? SIE SIND MIT IHM VER-WANDT?!

HA, HA...

...

WOW! DAS MIT DEN SCHOCKS NIMMT LANGSAM ÜBERHAND!

... HERRN UEDA AUCH SO VERFÜHRT?

... GIBT ES NICHT MEHR.

GANZ SCHÖN VERDORBEN!

HAST DU...

MEINEN SÜSSEN, UNSCHULDIGEN HOTAKA...

... ICH KRIEGE SO GUT WIE NIE EINEN GEBLASEN. DESHALB BIN ICH ECHT EMPFÄNGLICH DAFÜR...

ZUMAL ICH MICH SO ZURÜCK-GEHALTEN HABE...

BESONDERS GE-SCHICKT IST ER NICHT, ABER...

HM...

HM...

FÜR »BLOSS FELLATIO«... GEHST DU GANZ SCHÖN RAN.

UND ÜBERHAUPT... WAS IST DAS DENN FÜR EINE DENK-WEISE?

ERSCHRE-CKEND!

UND DAS SCHLIMMS-TE IST...

HM...

DA SIND SIE SICH OFFENBAR EINIG. WENN ES NUR UM SEX GEHT, IST DAS FÜR SIE OK...

DA FÄLLT MIR EIN... ES IST UNTER SCHWULEN KEIN TABU, MIT VIELEN PARTNERN SEX ZU HABEN.

... UND ICH NOCH NICHT MAL MEHR DEN WILLEN AUFBRIN-GE, IHN ZU STOPPEN...

ICH WASCHLAP-PEN...

... DASS MEINE LUST DIE OBERHAND GEWINNT...

ZUCK

WWTT

HM...

FH...

GLIBB

SENPAI!

MACH DIR DOCH DESHALB KEINEN KOPF.

UND GEH GE-FÄLLIGST NICHT FREMD!

FASS MICH NICHT AN!

DICH MACHT DAS DOCH OFFENBAR AUCH GANZ SCHÖN AN.

UGH!

ARGH!

GRIP

IST DOCH BLOSS FELLATIO.

KNUTSCH

NUR ZU!

DAS MUSST DU AUCH, WENN DU MICH DAVON ABHALTEN WILLST.

SONST HALTE ICH MICH NÄMLICH NICHT ZURÜCK.

WILL ER ZURÜCK-SCHLAGEN?

DAS GLAUBE ICH NICHT.

WAS MEINT ER MIT „ICH HALTE MICH NICHT ZURÜCK"...?

WIE KANNST DU DA SO WAS MACHEN?

NA, HÖR MAL! DU BIST DOCH MIT HERRN UEDA ZUSAMMEN!!

ICH MÖCHTE JETZT ABER LIEBER DICH VERSCHLINGEN.

WWTT

O...

ODER ICH HAU DIR EINE REIN!

ICH MEINE... HÖR SOFORT AUF DAMIT!

... ALS WÄRE MEINE LEISTENGEGEND WAS LECKERES.

MO... MO... MOMENT MAL! DU TUST JA GERADE SO...

ICH HAB KEINE AHNUNG, WOVON DER DA REDET!

EINSAMER FALKE   DAS ZWEITE MAL

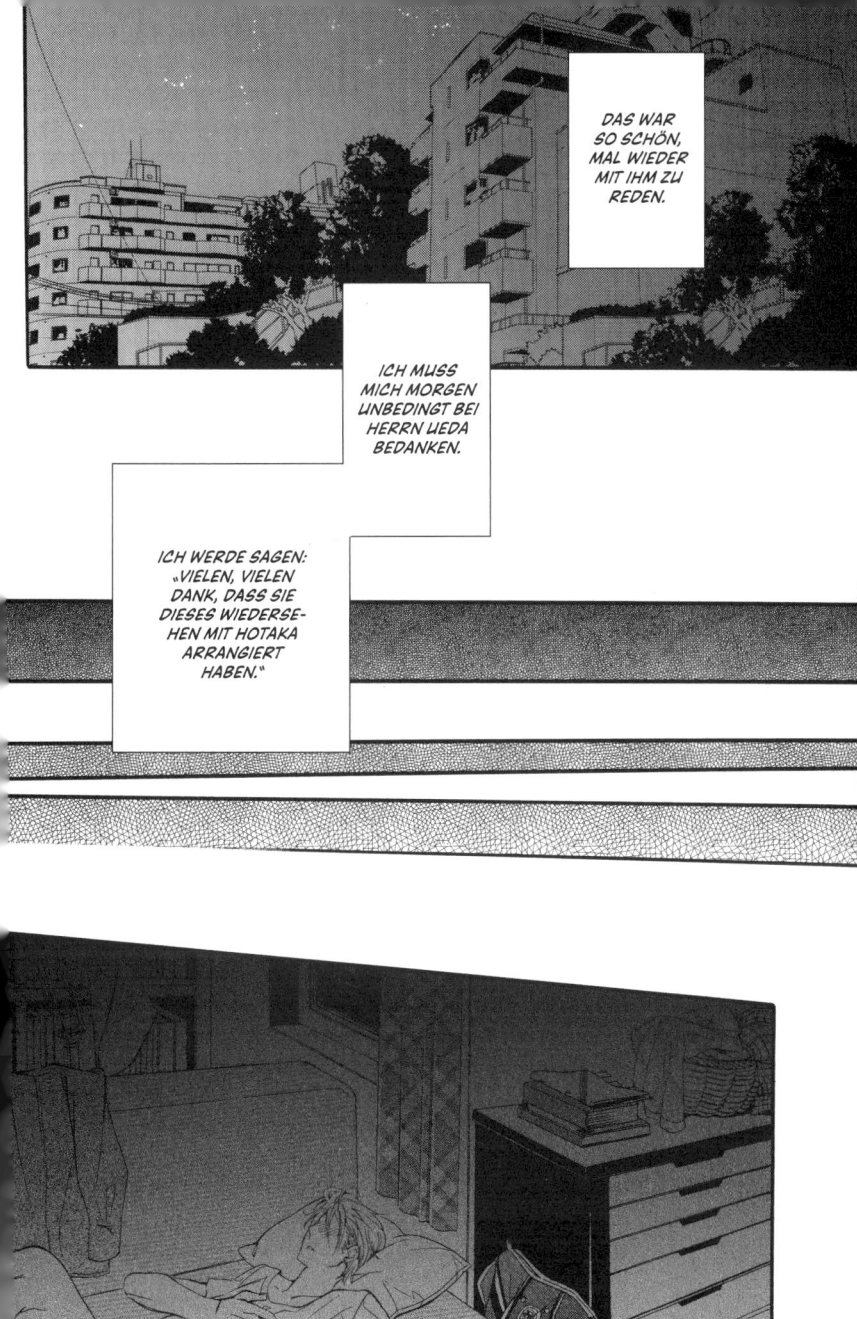

DAS WAR SO SCHÖN, MAL WIEDER MIT IHM ZU REDEN.

ICH MUSS MICH MORGEN UNBEDINGT BEI HERRN UEDA BEDANKEN.

ICH WERDE SAGEN: »VIELEN, VIELEN DANK, DASS SIE DIESES WIEDERSE-HEN MIT HOTAKA ARRANGIERT HABEN.«

... UND WESWE-GEN ER MEIN ABSOLUTER LIEBLINGS-KOHAI WAR.

DIESE SCHROFFE SEITE WAR GENAU DAS, WAS ICH AN IHM IMMER SO SÜSS FAND...

ICH BIN...

... AUCH GLÜCK-LICH, DICH WIE-DERGETROFFEN ZU HABEN.

SENPAI
...

DU WEISST SCHON, DASS SO WAS IN DER FIRMA ALS SEXUELLE BELÄSTIGUNG GILT, ODER?

...

UWAH, DEIN HAAR IST SO WEICH UND GLATT...

LASS DAS!

OH MANN! ICH FÜHLE MICH WIEDER GENAU WIE DAMALS.

...

DIE HABE ICH DAMALS ÜBRIGENS AUFGEGEBEN.

LIEGT ES VIELLEICHT DARAN, DASS DU MEINE DREI VORLIEBEN ERFÜLLST?

WEIL SIE MICH ZUSAMMEN MIT MEINEN SCHULDGEFÜHLEN...

... IMMER AN DICH ERINNERT HABEN.

DU HAST DIR ECHT NOCH NIE DIE HAARE GEFÄRBT?

DAS IST DOCH VIEL ZU LÄSTIG.

WIESO SOLLTE ICH?

SAG MAL, HOTAKA... FÄRBST DU DIR EIGENTLICH DIE HAARE?

DOCH LETZTENDLICH BIST DU GENAU MEIN TYP...

KEINE FRAGE.

ABER ICH BIN IMMER NOCH SO PERPLEX...

... UND SO GLÜCK-LICH...

UNSINN! SO VIEL VERTRAGE ICH GAR NICHT.

DU SCHEINST JA GANZ SCHÖN TRINKFEST ZU SEIN... SO RASANT, WIE DU DAS BIER IN DICH REIN-SCHÜTTEST, HOTAKA...

WEISS NICHT, OB ICH DA MIT-HALTEN KANN...

* SPEISEN UND GETRÄNKE.
** RESTAURANT UND BAR.

BIN ICH BE-TRUNKEN...

... ODER WARUM FINDE ICH DICH IMMER NOCH SO WAHNSINNIG SCHÖN?

... DASS ICH EINFACH TRINKEN MUSS.

ERRÖT

... MEHR
VERLETZT
HABE...

... ALS
JEDEN AN-
DEREN...

... BEREUE
ICH BIS
HEUTE.

ICH MUSS
MICH BEI IHM
ENTSCHUL-
DIGEN...

UND ICH
MUSS MICH
BEI HERRN
UEDA BE-
DANKEN.

DASS ICH
MICH JETZT
SO FÜHLE,
ZEIGT...

... WIE SEHR
MIR DAS
NACHHING...

WIE ARM-
SELIG!

WAS IST DAS DENN?

ICH BIN PLÖTZLICH SO ERLEICHTERT...

BLUSH かぁ…

... UND SPÜRE SO EIN SELTSAMES KRIBBELN...

STIMMT JA. SO HAT ER DAMALS AUCH IMMER GELACHT...

DIE ANDEREN FANDEN IHN IMMER MÜRRISCH, ABER...

„SEHR GLÜCKLICH"... DAS SAGTE ER DOCH GERA- DE, ODER?

ER SEI SEHR GLÜCKLICH ÜBER UNSER WIEDERSE- HEN...

... BEI MIR HAT ER ZIEMLICH VIEL GE- LACHT.

BIN ICH VIELLEICHT AUCH... GLÜCKLICH?

UND, DASS ICH AUSGERECHNET IHN, AN DEM ICH MEHR HING ALS AN JEDEM ANDEREN..!

ICH DACHTE, ICH WÜRDE IHN NIE WIEDERSE- HEN UND NIE WIEDER MIT IHM SPRECHEN.

UND JETZT DAS! WIE BIN ICH BLOSS IN DIESE SITUATION GERATEN?

ICH WAR MIR SICHER, DASS ER MICH NACH ALLDEM NIE WIEDERSEHEN WOLLTE... ALSO WIESO?

DER VERSCHMÄHENDE ↑

DER VERSCHMÄHTE ↑

BITTE, BITTE, SAG JETZT NICHTS SCHLECHTES ÜBER MICH!

DU WARST DAMALS DER EINZIGE, DER MICH GUT BEHANDELT HAT. DESHALB...

... BIN ICH ÜBER UNSER WIEDERSEHEN...

WAS, WENN ER MICH RUNTERGEMACHT HAT... ALS ER VON MIR ERZÄHLT HAT?!

EEEK!

DANN BRINGT HERR UEDA MICH WOMÖGLICH UM...

AUS MEINEM MUND KLINGT DAS VIELLEICHT KOMISCH...

DOCH SO MIES UND BRUTAL, WIE ICH DAMALS ZU IHM WAR, WÜRDE ICH SAGEN, ER HASST MICH...

ICH GLAUBE...

... IN DEM MOMENT HAT HOTAKA GEWEINT.

DA ICH SEIN GESICHT NICHT SEHEN KONNTE, WEISS ICH ES NICHT SICHER.

ABER...

ENTSCHULDIGE BITTE, SENPAI...

... KLANG SIE HEISER UND ZITTRIG.

... ALS ICH HOTAKAS STIMME ZUM LETZTEN MAL HÖRTE...

DANACH HABE ICH NIE WIE- DER MIT IHM GESPROCHEN.

»ALSO LIEGT ES AN DIR.«

SENPAI... ICH BIN IN DICH...

... VE

MACHST DU WITZE? DAS IST NICHT LUSTIG!

FÜHLTE ICH MICH VERRATEN?

DAS...

... WAR JEDENFALLS NICHT MEINE ABSICHT. ALS ICH SAGTE, DU WÄRST SÜ... SÜSS!

NEIN, ES WAR EHER SO...

HÄ...?

ICH... SEHE DICH WIRKLICH MIT SOLCHEN AUGEN.

ICH SAGTE: DAS IST NICHT DEINE SCHULD, SENPAI.

DAS IST ALLEIN MEINE SCHULD.

DESHALB DIE GERÜCHTE...

DOCH...

ICH MEI- NE, ICH...

WAG ES JA NICHT!!

HOTAKA! DU SIEHST GERADE WAHNSINNIG SCHÖN AUS.

DARF ICH EIN FOTO MACHEN?

ER IST BIS ZUM HALS ROT GE-WORDEN.

DESHALB...

DOCH ES FÜHLTE SICH GUT AN, DASS ER NUR AN MIR »HING« UND ICH ETWAS BESONDE-RES FÜR IHN WAR.

BEI DIESER EINSTELLUNG WERDE ICH DER EINZIGE BLEIBEN, DER SICH MIT DIR ABGIBT.

SAG DOCH NICHT SO WAS...

NA UND!? DANN GEFALLE ICH IHNEN EBEN NICHT.

LASS DAS, SENPAI!!

DU SIEHST SO SÜSS AUS! SCHADE, DASS DU SO EINEN STOCK IM ARSCH HAST!!

EHRLICH GESAGT...

DANN BLEIBE ICH DABEI.

...DACHTE ICH AUCH IN DEM MOMENT NICHT, DASS ER MICH...

...MAG.

DER FREUT SICH JA NOCH NICHT MAL, WENN ER GELOBT WIRD, UND GUCKT IMMER NUR MÜRRISCH.

MANCHMAL WÜRDE ICH IHN AM LIEBSTEN SCHÜTTELN, DAMIT ER WENIGSTENS IRGENDEINE REAKTION ZEIGT.

HOTAKAAA? DIESEN UNSYMPATHISCHEN UND MÜRRISCHEN TYPEN?

WIE WÄR'S, WENN DU AB UND ZU MAL LÄCHELN WÜRDEST?

UNSYMPATHISCH? FINDE ICH NICHT...

DIE ANDEREN FINDEN DICH NÄMLICH UNSYMPATHISCH.

WENN DU ETWAS FREUNDLICHER WÄRST, SO WIE SICH DAS FÜR EINEN KOHAI GEHÖRT, WÜRDEST DU IHNEN SICHER GEFALLEN.

WAS?

TJA...

DANN BIST DU WOHL EIN MASOCHIST, WENN DU SO GERN DARAUF EINGEHST.

DU BIST EIN SADIST, STIMMT'S, SENPAI?

HA, HA...

NA, HÖR MAL! DAS HEISST: „GROSSARTIG! ♥ DANKE, SENPAI!"

DAMALS HATTE ICH JEDENFALLS DAS GEFÜHL, DASS ER KEINE BESONDERS HOHE MEINUNG VON MIR HATTE.

WEN BEOB-ACHTEST DU DENN DA, YUSEI?

HOTAKA!

NEIN, HABE ICH NICHT... ICH WOLLTE NUR EIN BISSCHEN FÜR MICH TRAINIEREN...

WÄHREND DER KLAUSUR-ZEIT FÄLLT DAS TRAINING DOCH AUS. HAST DU DAS VERGES-SEN?

HOTAKA!

AHA, ICH WUSSTE GAR NICHT, DASS DU SO EIFRIG BIST.

WENN FRÜH AM MORGEN OKAY FÜR DICH IST, KANNST DU RUHIG JEDEN TAG KOMMEN. DANN NEHME ICH DICH AB JETZT OR-DENTLICH RAN!

DAS TUST DU DOCH DIE GANZE ZEIT SCHON...

HÄ?

PANG

FUNKEL
LASS DAS!
STARR
DU BIST ECHT SÜSS.
IN DER FOLGENDEN ZEIT...
GUTE ARBEIT, HOTAKA.
EEEK!
ぺろん
GRAPSCH
HIER IST NOCH DRECK.
NICHT NACHLÄSSIG WERDEN, HOTAKA!
DU ZIEHST DIE RECHTE SCHULTER HOCH.
BRUST RAUS!
DU BIST ZU DÜNN UND MUSST DRINGEND ZUNEHMEN!
HÄ?

CAPTAIN?

ICH SAH NUR SEIN VOM WIND ZERZAUSTES SCHWARZES HAAR UND DACHTE: „WIE SCHÖN!"

EHRLICH GESAGT... WAR ER GENAU MEIN TYP.

ALSO, WAS WOLLTEST DU FRAGEN?

UPS, SORRY, TUT MIR LEID.

DU BIST EIN MANN!

SCHADE!

GRAPSCH

UGH...

ER WOLLTE DICH SEHEN, DARUM DACHTE ICH, ICH ÜBERRASCHE DICH. ♪

ER MEINTE, ER HABE MAL SEHR AN DIR GEHANGEN. DU GLAUBST GAR NICHT, WIE ÜBERRASCHT ICH WAR, ALS ICH HÖRTE, DASS IHR EUCH KENNT.

NA, YUSEI? WIE IST ES, DEINEN KOHAI* NACH SO VIELEN JAHREN WIEDERZUSEHEN?

DAS PROBLEM IST DER NEBEN IHM...

... MEIN EHEMALIGER KOHAI AUS DER OBERSCHUL-AG...

* JÜNGERER SCHÜLER, STUDENT ODER KOLLEGE.

ICH WAR MINDESTENS GENAUSO ÜBERRASCHT.

... UND HERRN UEDAS GEGENWÄRTIGER FREUND. SEIN NAME IST HOTAKA*** OTSUKI.

DASS ICH DICH NOCH MAL WIEDERSEHEN WÜRDE, HÄTTE ICH NICHT GEDACHT, SENPAI**.

*** DER NAME SETZT SICH AUS DEN ZEICHEN FÜR ÄHRE/SPEERSPITZE UND FALKE ZUSAMMEN.

** ÄLTERER SCHÜLER, DER OFT AUCH DIE ROLLE EINES VORBILDS BZW. MENTORS INNEHAT.

EINSAMER FALKE · DAS ERSTE MAL

DIE VORLIEBEN EINES MENSCHEN ÄNDERN SICH NICHT EINFACH.

WÄHREND DER OBERSCHULZEIT HABE ICH IMMER GESAGT: »SCHWARZ-HAARIG, SCHLANK UND SCHÖN.« DAS IST DER TYP, AUF DEN ICH STEHE.

ABER LETZTENDLICH WAR ICH NIE MIT JEMANDEM ZUSAMMEN ODER WURDE NIE VON JEMANDEM GELIEBT, AUF DEN DAS ALLES ZUTRAF.

TJA, DIE REALITÄT IST HART... ODER ANDERS GESAGT... SO IST DAS LEBEN.

INHALT